Arthur Conan Doyle

L'Interprète grec

Table des matières

L'interprète Grec

Au cours de ma longue et intime fréquentation de Sherlock Holmes, je ne l'avais jamais entendu faire allusion à sa famille, et presque jamais à son enfance. Cette réticence de sa part avait renforcé mon impression qu'il était un peu en dehors de l'humanité, au point que, parfois, il m'arrivait de le regarder comme un phénomène unique, un cerveau sans cœur, aussi dépourvu de sympathie pour les hommes qu'il leur était supérieur en intelligence. Si son antipathie pour la femme et son aversion à se faire de nouveaux amis étaient caractéristiques de sa nature impassible, la suppression absolue de toute allusion aux siens ne l'était pas moins. J'en étais venu à croire qu'il était orphelin, sans parents vivants, quand un soir, à ma grande surprise, il se mit à me parler de son frère.

C'était un soir d'été, après le thé, et la conversation, intermittente et décousue, après avoir passé des clubs de golf aux causes de variations dans l'obliquité de l'écliptique, en était, en fin de compte, venue à la question de l'atavisme et des aptitudes héréditaires. Il s'agissait, dans notre discussion, de déterminer dans quelle mesure un don remarquable, quel qu'il soit, chez un individu, était imputable à sa filiation et jusqu'à quel point il était dû à son éducation première.

— Dans votre propre cas, dis-je, d'après tout ce que vous m'avez dit, il est évident que votre faculté d'observation et votre facilité particulière de déduction sont dues à votre propre entraînement systématique.

— Jusqu'à un certain point, répondit-il, en réfléchissant. Mes ancêtres étaient des propriétaires campagnards qui paraissent bien avoir mené la vie qui correspondait naturellement à leur état. Néanmoins, cette façon d'agir, je l'ai dans le sang et elle peut venir de ma grand-mère qui était la sœur de Vernet, l'artiste français. L'art, dans le sang, est susceptible de prendre les formes les plus étranges.

— Mais comment savez-vous qu'il s'agit de quelque chose d'héréditaire ?

— Parce que mon frère Mycroft le possède à un degré bien plus élevé que moi.

C'était là un élément nouveau pour moi. S'il y avait en Angleterre un autre homme qui possédait des dons aussi remarquables, comment se faisait-il que ni la police ni le public n'en eussent entendu parler ? Je posai la question, en insinuant que c'était la modestie de mon compagnon qui lui faisait reconnaître son frère comme supérieur. Holmes se mit à rire de ma suggestion.

— Mon cher Watson, dit-il, je ne saurais être d'accord avec ceux qui rangent la modestie parmi les vertus. Pour le logicien, toutes les choses doivent être exactement ce qu'elles sont, et se sous-estimer soi-même, c'est s'écarter de la vérité, autant qu'exagérer ses propres mérites. Donc, quand je dis que Mycroft a des facultés d'observation supérieures aux miennes, vous pouvez croire que je dis à la lettre l'exacte vérité.

— Est-il votre cadet ?

— De sept ans mon aîné.

— Comment se fait-il qu'on ne le connaisse pas ?

— Oh ! on le connaît fort bien dans son milieu.

— Où donc ?

— Eh bien, au club Diogène, par exemple.

Je n'avais jamais entendu parler de cet établissement et mon air sans doute le disait, car Sherlock Holmes sortit sa montre.

— Le club Diogène est le plus étrange de Londres et Mycroft est un de ses membres les plus étranges. Il s'y trouve toujours de cinq heures moins un quart à huit heures moins vingt. Il est maintenant six heures ; si donc, par ce beau soir, une petite promenade vous disait quelque chose, je serais très heureux de vous présenter deux curiosités.

Cinq minutes après, nous étions dans la rue, et nous nous dirigions vers Regent Circus.

— Vous vous demandez, dit mon compagnon, pourquoi Mycroft n'emploie pas ses dons comme détective, il en est incapable.

— Mais je croyais que vous aviez dit ?...

– J'ai dit qu'il m'était supérieur pour l'observation et la déduction. Si l'art du détective commençait et finissait dans un fauteuil, mon frère serait le plus grand expert criminel ayant jamais existé. Mais il n'a aucune ambition, aucune énergie. Il ne s'écarterait même pas de son chemin pour vérifier ses propres solutions et aimerait mieux passer pour avoir tort que de se donner la peine de prouver qu'il a raison. À maintes reprises je lui ai soumis des problèmes et j'y ai reçu une explication qui, par la suite, se révélait exacte. Et malgré cela, il était absolument incapable de faire ressortir les points pratiques dont il faut être en possession avant de pouvoir porter une affaire devant un juge ou un jury.

– Ce n'est pas sa profession, alors ?

– Nullement. Ce qui est, pour moi, un moyen d'existence, constitue pour lui la plus pure marotte d'un dilettante. Il possède un don extraordinaire pour les chiffres et il apure les livres de plusieurs administrations gouvernementales. Mycroft, qui demeure dans Pall Mall, fait un tour par le coin de Whitehall tous les matins et il le refait dans le sens inverse tous les soirs. D'un bout de l'année à l'autre, il ne prend pas d'autre exercice et on ne le voit nulle part ailleurs, sauf au club Diogène, qui se trouve juste en face de chez lui.

– Ce nom ne me dit rien.

– Rien d'extraordinaire à cela. Il y a à Londres, vous le savez, beaucoup d'hommes qui, les uns par timidité, les autres par misanthropie, ne recherchent nullement la société de leurs semblables. Toutefois, ils ne détestent point pour autant les fauteuils confortables, non plus que les plus récentes revues. C'est pour la commodité de ces gens-là que le club Diogène a été formé, et il compte, maintenant, les hommes les plus asociaux, les plus ennemis des clubs qui soient à Londres. On ne permet à aucun membre de se préoccuper d'un autre. Sauf dans la salle des Étrangers, il est interdit de parler, dans quelques circonstances que ce soit, et trois infractions à cette règle, si le comité en est informé, peuvent entraîner l'exclusion du bavard. Mon frère fut l'un des fondateurs et j'ai moi-même trouvé dans ce club une atmosphère éminemment sédative.

Tout en bavardant, nous avions atteint Pall Mall ; en débouchant par le haut de St. James, Sherlock Holmes s'arrêta devant une porte à peu de distance du Carlton et, en me rap pelant de ne pas parler, me conduisit dans le vestibule. À travers les vitres, j'aperçus une vaste et luxueuse salle dans laquelle un nombre considérable de messieurs étaient assis çà et là, à lire les journaux, chacun dans son coin. Holmes me fit entrer dans une petite pièce qui donnait sur Pall Mall puis, m'ayant quitté une minute, il revint avec un compagnon qui, je le voyais, ne pouvait être que son frère.

Mycroft Holmes était beaucoup plus grand et plus fort que Sherlock Holmes. Sa corpulence et sa taille étaient remarquables, mais son visage, bien que massif, avait gardé quelque chose de l'acuité d'expression si caractéristique de celui de son frère. Ses yeux, d'un singulier gris aqueux, semblaient garder en permanence ce regard lointain, introspectif, que je n'avais observé chez Sherlock Holmes que lorsqu'il déployait toutes ses facultés.

— Je suis heureux de faire votre connaissance, monsieur, dit-il, en me tendant une main aussi large et aussi plate qu'une nageoire de phoque. Partout j'entends parler de Sherlock Holmes depuis que vous vous êtes institué son mémorialiste. À propos, Sherlock, je m'attendais à te voir par ici la semaine dernière pour me consulter au sujet de cette affaire du Manoir. Je pensais que tu avais un peu perdu pied.

— Non, je l'ai résolue, dit mon ami, en souriant.

— C'était Adams, bien sûr ?

— Oui, c'était Adams.

— J'en étais certain, dès le début.

Ils s'assirent tous les deux dans le bow-window du club.

— Pour qui désire étudier l'humanité, voici le bon endroit, dit Mycroft. Regardez-moi ces types magnifiques ! Regardez, par exemple, ces deux hommes qui viennent de notre côté.

— Le marqueur au billard et l'autre ?

— Précisément. Qu'est-ce que tu dis de l'autre ?

Les deux hommes s'étaient arrêtés en face de la fenêtre. Quelques traces de craie autour de la poche de son gilet étaient les seuls signes de joueur de billard que je pus découvrir chez l'un d'eux. Son compagnon était un homme très petit, avec un chapeau rejeté en arrière et plusieurs paquets sous le bras.

– Un vieux soldat, à ce que je vois, dit Sherlock.

– Et licencié tout récemment, observa le frère.

– A fait du service aux Indes.

– Un sous-officier.

– D'artillerie, je suppose, dit Sherlock.

– Et veuf.

– Oui, mais avec un enfant.

– Des enfants, mon petit, des enfants.

– Çà ! dis-je en riant, voilà qui est un peu fort !

– Certes non, répondit Holmes, il n'est pas difficile de dire qu'un homme avec cette allure, cet air d'autorité et cette peau cuite par le soleil est plus qu'un simple soldat et qu'il est revenu des Indes depuis peu.

– Qu'il n'a pas quitté le service depuis longtemps, ça se voit aux souliers réglementaires qu'il porte, remarqua Mycroft.

– Il n'a pas la démarche du cavalier et pourtant il portait sa coiffure de travers, comme en témoigne la couleur de sa peau, plus claire de ce côté-ci du front. Il est trop lourd pour un sapeur. Donc il était dans l'artillerie.

– Et puis son costume de deuil montre qu'il a perdu quelqu'un de très cher. Qu'il fasse lui-même ses commissions semble indiquer que c'était sa femme. Il a acheté des choses pour ses enfants, vous voyez : il y a une crécelle, ce qui implique que l'un d'eux est très jeune. La femme a dû mourir en couches. Le livre d'images sous son bras montre qu'il y a un autre enfant auquel il doit aussi penser.

Je commençais à comprendre ce que mon ami voulait dire quand il déclarait que son frère possédait des dons supérieurs même aux siens.

Sherlock me regardait et souriait. Mycroft prit une pincée de tabac dans une tabatière en écaille et, avec un grand mouchoir de poche en soie rouge, il brossa les grains égarés sur son vêtement.

– À propos, Sherlock, dit-il, on a soumis à mon jugement quelque chose qui est tout à fait selon ton cœur – un problème très étrange. Je n'ai vraiment pas eu l'énergie de le suivre, sauf de façon très incomplète, mais il m'a fourni une base pour quelques réflexions très agréables. Si tu avais envie d'entendre les faits...

– Mon cher Mycroft, j'en serais enchanté.

Le frère griffonna une note sur une feuille de son carnet et, ayant sonné, passa le billet au garçon de salle.

– J'ai prié M. Melas de traverser la rue, dit-il. Il demeure à l'étage au-dessus du mien et je le connais un peu, ce qui l'a amené à venir me voir à un moment où il était fort perplexe. M. Melas est grec d'origine, je crois, et c'est un linguiste remarquable. Il gagne sa vie en partie comme interprète auprès des tribunaux et en partie en remplissant le rôle de guide auprès des riches Orientaux qui peuvent descendre dans les hôtels de Northumberland Avenue. Je crois que je lui laisserai raconter à sa manière sa très remarquable aventure.

Quelques minutes plus tard nous rejoignait un homme petit et gros dont la face olivâtre et les cheveux noirs comme du jais proclamaient l'origine méridionale, bien que son langage fût celui d'un Anglais bien élevé. Il échangea avec Sherlock une cordiale poignée de main et ses yeux étincelèrent de plaisir quand il comprit que le fameux détective désirait connaître son histoire.

– Je ne crois pas que la police ajoute foi à ce que je dis, commença-t-il, d'une voix plaintive. Je ne le crois pas, ma parole. Simplement parce qu'ils n'ont jamais rien entendu de pareil avant, ils pensent que cela ne se peut pas. Mais je sais, moi, que jamais plus je n'aurai l'esprit en repos tant que je ne saurai pas ce qu'est devenu mon pauvre homme avec l'emplâtre sur son visage.

– Je suis tout attention, dit Sherlock.

– C'est aujourd'hui mercredi soir. Eh bien, donc, c'était lundi soir – il y a seulement deux jours, vous comprenez, que tout cela est arrivé. Je suis interprète, comme peut-être mon voisin que voici vous l'a dit. J'interprète dans toutes les langues – ou presque toutes – mais comme je suis grec de naissance et de nom, c'est à cette langue particulière qu'on m'associe partout. Pendant de longues années j'ai été le principal interprète grec à Londres et mon nom est fort connu dans les hôtels.

« Il arrive assez souvent que l'on m'envoie chercher à des heures insolites ; ce sont des étrangers qui se trouvent en difficulté, des voyageurs qui arrivent tard et ont besoin de mes services. Je ne fus donc pas surpris quand, lundi soir, un certain M. Latimer, jeune homme très élégant, entra dans ma chambre et me demanda de l'accompagner dans un fiacre qui attendait à la porte. Un Grec de ses amis était venu le voir, pour affaires, disait-il, et comme il ne parlait que sa propre langue, on ne pouvait se passer des services d'un interprète. Il me fit entendre que sa maison se trouvait à quelque distance, dans Kensington. Il semblait très pressé, et me poussa rapidement dans le fiacre lorsque nous fûmes descendus dans la rue.

« Je dis "dans le fiacre", mais j'eus bien vite des doutes et je me demandai si ce n'était pas dans une voiture particulière que je me trouvais. Elle était certainement plus spacieuse que ces voitures à quatre roues qui sont la honte de Londres, et les garnitures, bien qu'éraillées, étaient certainement d'une riche qualité. M. Latimer s'est assis en face de moi et, partis rapidement par Charing Cross, nous avons remonté Shaftesbury Avenue. Nous venions de déboucher dans Oxford Street et je m'étais risqué à observer que c'était un chemin bien détourné pour aller à Kensington, quand l'extraordinaire conduite de mon compagnon me coupa la parole.

« Il commença par sortir de sa poche une trique plombée qui avait l'air fort lourde ; à plusieurs reprises il en cingla l'air, en avant et en arrière, comme pour en éprouver le poids et montrer sa force. Puis, sans un mot, il la plaça sur le siège à côté de lui. Après quoi, il leva les glaces de chaque côté et, à mon étonnement, je m'aperçus qu'elles étaient recouvertes de papier, pour m'empêcher de voir au travers.

« – Je regrette de vous couper la vue, monsieur Melas, dit-il. Le fait est que je n'ai pas l'intention de vous laisser voir à quel endroit nous allons. Il pourrait m'être désagréable que vous y reveniez.

« Comme vous l'imaginez, je fus complètement déconcerté par de tels propos. Mon compagnon était un jeune homme très fort, aux larges épaules, et, même sans son arme, je n'aurais pas eu la moindre chance si je m'étais battu avec lui.

« – C'est là une conduite très étrange, monsieur Latimer, balbutiai-je. Vous devez vous rendre compte que ce que vous faites est tout à fait illégal ?

« – C'est prendre quelque liberté, sans doute ; mais on vous dédommagera. Je dois toutefois vous avertir monsieur Melas, que si, à n'importe quel moment, ce soir, vous essayez de donner l'alarme ou de faire quoi que ce soit de contraire à mes intérêts, vous pourrez tâter à quel point ce sera grave. Je vous prie de vous rappeler que personne ne sait où vous êtes et que, tant dans cette voiture que dans ma maison, vous êtes entre mes mains.

« Il parlait tranquillement, mais mettait dans ses mots une âpreté menaçante. Je demeurai silencieux, me demandant quelle pouvait bien être la raison qu'il avait pour m'enlever de façon si extraordinaire. Quoi qu'il en fût, il était parfaitement clair qu'il ne me servirait à rien de résister et que je ne pouvais qu'attendre pour voir ce qui arriverait.

« Pendant deux heures ou presque, nous avons roulé, sans que j'eusse la moindre idée de l'endroit où nous allions. Parfois, le bruit des sabots des chevaux révélait une chaussée pavée, à d'autres moments, notre course douce et silencieuse suggérait le macadam, mais hormis cette différence dans le bruit, il n'y avait absolument rien qui pût le moins du monde m'aider à deviner où nous étions. Le papier sur les glaces des deux côtés était impénétrable à la lumière et l'on avait tiré un rideau bleu sur la vitre du devant. Il était sept heures et quart à notre départ de Pall Mall et ma montre marquait neuf heures moins dix quand enfin nous nous sommes arrêtés. Mon compagnon baissa la glace et j'aperçus rapidement une entrée de porte cintrée au-dessus de laquelle brûlait une lampe. Pendant qu'on me poussait vivement hors de la voiture, la porte s'est ouverte et je me suis trouvé à l'intérieur de la maison, avec la vague impression d'une pelouse et d'arbres aperçus de chaque côté de moi en entrant. Qu'il s'agît là, toutefois, de la vraie campagne, ou d'une propriété privée, c'est plus que je ne pourrais m'aventurer à en dire.

« Il y avait à l'intérieur une lampe de couleur dont la lumière était tellement baissée que je ne pus rien voir, sauf que le vestibule était assez grand et orné de tableaux. Dans la lumière vague, je pus me rendre compte que la personne qui avait ouvert la porte était un homme entre deux âges, à l'air mesquin, aux épaules rondes. Lorsqu'il se tourna vers moi, le faible rayon de lumière me montra qu'il portait des lunettes.

– Est-ce là M. Melas, Harold ? dit-il.

– Oui.

– Fort bien ! Fort bien ! Vous ne nous en voulez pas, mon sieur Melas, j'espère. Mais nous ne pouvions nous en tirer sans vous. Si vous agissez honnêtement, vous ne le regretterez pas, mais si vous essayez d'user de quelque mauvais tour, que Dieu vous aide !

« Il parlait d'un ton nerveux, saccadé et, entre ses phrases, riait d'un rire étouffé ; mais, quoi qu'il en fût, il m'inspirait plus de crainte que l'autre.

« – Que voulez-vous de moi ? demandai-je.

« – Seulement que vous posiez quelques questions à un gentleman grec qui est chez nous en visite et que vous nous don niez ses réponses. Toutefois, n'en dites pas plus qu'on ne vous priera d'en dire, sans quoi – et de nouveau il se mit à rire –, mieux vaudrait pour vous n'être jamais né.

« Tout en parlant, il ouvrit une porte et me conduisit dans une pièce qui semblait meublée richement, mais, là encore, la seule lumière était fournie par une lampe unique à moitié baissée. Cette pièce était certainement vaste, et la façon dont, quand j'avançai, mes pieds s'enfoncèrent dans le tapis, m'en disait la richesse. J'aperçus des chaises de velours, une haute cheminée en marbre blanc et, sur un des côtés, quelque chose qui me parut être une collection d'armes japonaises. Il y avait une chaise, juste sous la lampe, et le plus vieux des deux hommes me fit signe de m'y asseoir. Le plus jeune nous avait quittés, mais il revint tout de suite par une autre porte, amenant un homme, vêtu d'une espèce d'ample robe de chambre, qui s'avança lentement vers nous. Lorsqu'il entra dans le cercle de faible lumière qui me permit de le voir plus distinctement, je frémis d'horreur à son aspect. D'une pâleur de mort et d'une maigreur effrayante, il avait les yeux saillants et brillants de celui dont le courage est plus grand que la force. Mais ce qui me frappa plus que les signes de sa faiblesse physique, ce fut que son visage était sillonné de bandes de sparadrap et qu'il en avait un large morceau sur la bouche.

« – As-tu l'ardoise, Harold ? cria le vieux, tandis que cet être étrange tombait, plutôt qu'il ne s'asseyait, sur une chaise. Ses mains sont-elles libres ? Maintenant, donne-lui le crayon. Vous allez poser les questions, monsieur Melas, et il écrira les réponses. Demandez-lui tout d'abord s'il est préparé à signer les papiers.

« Les yeux de l'homme flamboyèrent.

« *Jamais !* écrivit-il en grec sur l'ardoise.

« – À n'importe quelles conditions ? demandai-je par ordre du tyran.

« "– Seulement si je la vois mariée en ma présence par un prêtre grec que je connais."

« L'homme, de nouveau, se mit à rire d'un rire venimeux.

« – Vous savez ce qui vous attend, alors ?

« "– Je ne m'en soucie pas pour moi-même."

« Ce sont là des échantillons des questions et des réponses qui constituèrent notre étrange conversation mi-parlée, mi-écrite. Plusieurs fois, je dus lui demander s'il voulait céder et signer les documents et chaque fois j'obtins la même réponse indignée. Mais, bien vite, une heureuse pensée me vint. Je me mis à ajouter à chaque question quelques petites phrases de mon cru, insignifiantes, d'abord, pour m'assurer si l'un ou l'autre de mes compagnons se rendait compte de quelque chose, puis, comme je constatais qu'ils ne réagissaient pas, j'ai joué un jeu plus dangereux. Notre conversation se déroula à peu près comme ceci :

« – Vous ne pouvez rien gagner par cet entêtement. *Qui êtes-vous ?*

« "– Ça m'est égal. *Je suis un étranger à Londres.*"

« – Vous-même serez la cause de votre mauvais destin. *Depuis quand êtes-vous ici ?*

« "– Qu'il en soit ainsi ! *Trois semaines.*"

« – La propriété ne pourra jamais être à vous. *De quoi souffrez-vous ?*

« "– Elle n'ira pas à des canailles. *Ils me font mourir de faim.*"

« – Vous serez libre, si vous signez. *Quelle est cette maison ?*

« "– Je ne signerai jamais. *Je n'en sais rien.*"

« – Ce n'est pas lui rendre service, à elle. *Quel est votre nom ?*

« "– Que je l'entende, elle, me le dire. *Kratidès.*"

« – Vous la verrez, si vous signez. *D'où venez-vous ?*

« "– Alors je ne la verrai jamais. *D'Athènes.*"

« Cinq minutes encore, monsieur Holmes, et je lui aurais ainsi soutiré toute l'histoire sous leur nez. La question même que j'allais poser aurait pu éclairer toute l'affaire, mais, à cet instant, la porte s'ouvrit et une femme s'avança dans la pièce. Je n'ai pas pu la voir assez nettement pour savoir autre chose que ceci : elle était grande et gracieuse, avait des cheveux noirs, et elle portait une espèce d'ample robe de chambre blanche.

« – Harold ! dit-elle, dans un anglais incorrect. Je n'ai pas pu demeurer plus longtemps. Je suis si seule là-haut avec seulement... Ô mon Dieu, c'est Paul !

« Ces derniers mots furent dits en grec, et, au même instant
l'homme, en un violent effort, arrachait l'emplâtre de ses lèvres et
en criant bien haut : "Sophie ! Sophie !" se précipitait dans les
bras de la femme. Leur étreinte, toutefois, ne dura qu'un instant,
car le jeune homme saisit la femme et la poussa hors de la pièce,
cependant que l'autre maîtrisait sans difficulté sa victime émaciée
et l'entraînait dehors par l'autre porte. Un instant je suis resté
seul dans la pièce ; je me levai vivement, avec la vague idée que je
pourrais, d'une manière ou d'une autre, obtenir quelque
indication concernant la maison où je me trouvais. Par bonheur
cependant, je ne bougeai pas, car, en levant les yeux, je vis que le
plus vieux des deux hommes se tenait dans l'encadrement de la
porte, les yeux fixés sur moi.

« Cela suffit, monsieur Melas, dit-il, vous voyez que nous avons fait de vous le confident d'affaires qui nous sont toutes personnelles. Nous ne vous aunons pas dérangé si notre ami qui parle grec et qui a entamé ces négociations n'avait pas été forcé de retourner en Orient. Il était indispensable que nous trouvions quelqu'un pour le remplacer, et nous avons eu la chance d'entendre parler de vos capacités.

« Je m'inclinai.

« – Voici cinq souverains, dit-il en s'avançant vers moi. Ce seront, je l'espère, des honoraires suffisants. Mais n'oubliez pas ! ajouta-t-il en me tapant légèrement sur la poitrine et en riant. Si vous parlez de cela à âme qui vive –, faites bien attention : à âme qui vive –, que Dieu ait pitié de votre âme.

« Je ne saurais vous dire la répugnance et l'horreur que m'inspirait cet individu à l'air insignifiant. Ses traits étaient saillants et ternes, sa petite barbe en pointe, maigre et filasse. Il jetait la tête en avant tout en parlant, et ses lèvres et ses yeux se contractaient sans arrêt comme ceux d'un homme qui a la danse de Saint-Guy. Je n'ai pu m'empêcher de croire que cet étrange petit rire saccadé était aussi le symptôme d'une maladie nerveuse. La terreur qu'inspirait son visage résidait en ses yeux d'un gris d'acier, dont l'éclat était froid, et la cruauté inexorable en leur profondeur.

« – Nous saurons si vous parlez de tout cela, dit-il. Nous avons nos moyens d'information à nous. Maintenant, vous trouverez la voiture qui vous attend et mon ami vous accompagnera.

« On me fit traverser rapidement le vestibule et on me poussa dans le véhicule ; un instant encore, je pus apercevoir les arbres et le jardin. M. Latimer était sur mes talons et prit place en face de moi sans mot dire. Ce fut de nouveau, dans un profond silence, la course interminable, glaces levées, et enfin, juste après minuit, la voiture s'arrêta.

« – Vous descendrez ici, monsieur Melas, fit mon compagnon. Je regrette de vous laisser si loin de chez vous, mais je ne puis faire autrement. Toute tentative de votre part pour suivre la voiture n'aboutirait qu'à un malheur pour vous-même.

« Ce disant, il ouvrit la portière, et j'avais à peine eu le temps de sauter dehors, que déjà le cocher fouettait son cheval et que la voiture s'éloignait avec bruit. Je regardai autour de moi, étonné. J'étais sur une sorte de terrain vague couvert de bruyère avec, çà et là, les taches plus claires de genêts épineux. Au-delà s'étendait une rangée de maisons avec, de loin en loin, une lumière aux fenêtres d'en haut. De l'autre côté, j'apercevais les signaux lumineux d'une ligne de chemin de fer.

« La voiture qui m'avait amené était déjà hors de vue ; je restais là à regarder autour de moi et à me demander où diable je pouvais être, quand je vis quelqu'un qui se dirigeait vers moi dans l'obscurité. Quand il s'approcha, je reconnus un employé de chemin de fer.

« – Pouvez-vous me dire quel est cet endroit ? demandai-je.

« – Les terrains communaux de Wandworth, dit-il.

« – Puis-je attraper un train pour Londres ?

« – Si vous allez jusqu'à Clapham Junction – il y a à peu près un mile –, vous arriverez juste pour le dernier train qui va à Victoria.

« Ce fut là la fin de mon aventure, monsieur Holmes. Je ne sais ni où j'ai été, ni à qui j'ai parlé ; rien de plus que ce que je vous ai dit. Mais je sais qu'il se trame du vilain, et je voudrais secourir ce malheureux, si je le puis. J'ai raconté toute l'histoire à M. Mycroft Holmes le lendemain matin, puis ensuite à la police. »

Après ce récit extraordinaire, nous demeurâmes silencieux quelque temps. Puis Sherlock Holmes dit, en regardant son frère :

– Tu as fait quelque chose ?

Mycroft ramassa le *Daily News* sur une table à côté :

Récompense à qui fournira des renseignements sur un monsieur grec nommé Paul Kratidès, originaire d'Athènes, et qui ignore l'anglais. Pareille récompense sera donnée à qui fournira des renseignements sur une dame grecque dont le petit nom est Sophie. X. 2473.

– L'annonce est dans tous les quotidiens. Pas de réponse.

– Et à l'ambassade de Grèce ?

– Je me suis informé. Ils ne savent rien.

– Un télégramme, alors, au chef de la police d'Athènes ?

– Sherlock a accaparé toute l'énergie de la famille, dit Mycroft, en se tournant vers moi. Eh bien, prends donc l'affaire en main, je t'en prie, et fais-moi savoir si tu en tires quelque chose de bon.

– Certainement, répondit mon ami, en se levant. Je t'en informerai, et M. Melas aussi. En attendant, monsieur Melas, à votre place, je me tiendrais sur mes gardes, car il est évident qu'ils savent par cette annonce que vous les avez trahis.

En rentrant chez nous, Holmes s'arrêta à un bureau de poste pour expédier plusieurs dépêches.

– Vous voyez, Watson, remarqua-t-il, que notre soirée n'a nullement été perdue. Quelques-unes de mes affaires les plus intéressantes me sont ainsi venues grâce à Mycroft. Le problème que nous venons d'écouter, bien qu'on n'y puisse trouver qu'une seule explication, a pourtant quelques traits caractéristiques.

– Vous espérez le résoudre ?

– Eh bien, sachant tout ce que nous savons, il serait étrange que nous manquions de découvrir le reste. Vous devez, vous-même, avoir conçu une théorie qui explique les faits que nous avons entendus.

– D'une façon assez vague, oui.

– Et quelle est donc votre idée ?

– Il m'a paru évident que cette jeune Grecque a été enlevée par le jeune Anglais qu'on appelle Harold Latimer.

– Enlevée d'où ?

– D'Athènes, peut-être.

Sherlock hocha la tête.

– Ce jeune homme, Harold, ne savait pas un mot de grec. La dame savait assez bien l'anglais. Déduction : la jeune femme a été quelque temps en Angleterre, mais lui n'a jamais été en Grèce.

– D'accord, alors nous supposerons qu'elle est venue visiter l'Angleterre et que ce Harold l'a persuadée de fuir avec lui.

– Voilà qui est plus probable.

– Alors le frère – car tel doit être, j'imagine, leur degré de parenté – vient de Grèce pour s'en mêler. D'imprudente façon, il tombe au pouvoir du jeune homme et de son associé plus âgé. Ils s'emparent de lui, et emploient la violence pour lui faire signer des papiers qui transfèrent à leur nom la fortune de la jeune fille, fortune dont il est peut-être le dépositaire. Il s'y refuse. Pour négocier, il leur faut un interprète et ils font choix de ce M. Melas, après en avoir employé un autre. À la jeune fille, on ne dit rien de l'arrivée de son frère et c'est tout à fait par hasard qu'elle le découvre.

– Excellent, Watson ! J'imagine vraiment que vous n'êtes pas loin de la vérité. Vous voyez que nous avons toutes les cartes en main et que nous n'avons à redouter qu'un acte quelconque de violence de leur part. S'ils nous en donnent le temps, nous devons leur mettre la main dessus.

– Mais comment découvrir où se trouve cette maison ?

– Bah ! Si notre supposition est juste et si le nom de la jeune fille est, ou était, Sophie Kratidès, nous ne devrions avoir aucune difficulté à la retrouver. C'est là notre principal espoir, car le frère, naturellement, est tout à fait inconnu. Il est clair que quelque temps déjà s'est écoulé depuis que ce Harold est entré en relation avec la jeune personne – quelques semaines, en tout cas – puisque le frère, qui était en Grèce, a eu le temps d'en être informé et de venir. S'ils ont habité ce même endroit pendant ce temps-là, il est probable qu'on répondra à l'annonce de Mycroft.

Tout en causant, nous étions parvenus à notre logis de Baker Street. Holmes monta l'escalier le premier et, quand il ouvrit la porte, il tressaillit de surprise. En regardant par-dessus son épaule, je ne fus pas moins étonné : son frère Mycroft était assis dans un fauteuil et fumait paisiblement.

    — Entre, Sherlock ! Entrez, monsieur, dit-il doucement, en souriant de nos airs étonnés. Tu n'attendais pas tant d'énergie de ma part, hein, Sherlock ? Mais, je ne sais pourquoi, cette affaire me fascine !

    — Comment es-tu venu ici ?

    — Je vous ai dépassés en fiacre.

    — Il y a quelque chose de nouveau ?

    — J'ai eu une réponse à mon annonce.

    — Ah ?

    — Oui, elle est arrivée quelques minutes après votre départ.

    — Et que dit-elle ?

Mycroft sortit une feuille de papier.

– La voici, écrite avec une plume J, sur du papier crème royal, par un homme d'âge moyen et de faible constitution :

« *Monsieur dit-il, en réponse à votre annonce de ce jour, j'ai l'honneur de vous informer que je connais très bien la jeune dame dont il s'agit. S'il vous plaisait de me rendre visite, je pourrais vous donner quelques détails concernant sa pénible histoire. Elle demeure à présent aux "Myrtes" Beckenham. Respectueusement. J. Davenport.*

« Il écrit de Brixton, dit Mycroft. Ne crois-tu pas que nous pourrions y aller maintenant et nous informer de ces détails ?

– Mon cher Mycroft, la vie du frère est plus précieuse que l'histoire de la sœur. Je crois que nous devons aller chercher l'inspecteur Gregson à Scotland Yard et nous rendre directement à Beckenham. Nous savons qu'on est en train de faire mourir un homme et chaque heure peut être d'importance vitale.

– Il vaudrait mieux prendre M. Melas en passant, suggérai-je. Nous pourrions avoir besoin d'un interprète.

– Excellente idée ! dit Sherlock. Envoyez le garçon chercher un landau et nous filerons tout de suite. (Il ouvrit le tiroir de la table et je remarquai qu'il glissait son revolver dans sa poche.) Oui, dit-il, répondant à mon regard, d'après ce que nous avons entendu, j'ose dire que nous avons affaire à une bande particulièrement dangereuse.

Il faisait presque noir avant que nous n'arrivions à Pall Mail, dans la chambre de M. Melas. Un monsieur était venu le demander et il était parti :

— Pouvez-vous me dire où ? demanda Mycroft.

— Je ne sais pas, répondit la femme qui nous avait ouvert la porte, je sais seulement qu'il est parti en voiture avec le monsieur.

— Ce monsieur a-t-il donné un nom ?

— Non, monsieur.

— Ce n'était pas un jeune homme grand, beau et noir de cheveux ?

— Oh ! non, monsieur, c'était un monsieur petit, avec des lunettes, une figure maigre, mais de manières agréables, car il riait tout le temps qu'il parlait.

— Filons ! s'écria Sherlock brusquement.

— Cela devient sérieux ! remarqua-t-il, en voiture, pendant que nous nous rendions à Scotland Yard. Ces individus tiennent de nouveau M. Melas. C'est un homme qui n'a pas de courage physique, ainsi qu'ils ont pu s'en rendre compte par leur expérience de l'autre nuit. Cette canaille a pu le terroriser dès l'instant qu'elle s'est trouvée en sa présence. Sans doute ont-ils besoin de ses services professionnels ; mais après s'être servis de lui, ils auront peut-être envie de le punir de ce qu'ils considèrent comme sa perfidie.

Nous espérions qu'en prenant le train il nous serait possible d'arriver à Beckenham aussi tôt ou plus tôt que la voiture. Mais, arrivés à Scotland Yard, il nous fallut plus d'une heure pour joindre l'inspecteur Gregson et pour remplir les formalités légales qui nous permettraient de pénétrer dans la maison. Il était dix heures moins le quart passées quand nous atteignîmes la gare de London Bridge et dix heures et demie quand, tous les quatre, nous sautâmes sur le quai de Beckenham. Une course en voiture d'un demi-mile nous amena aux « Myrtes », une grande maison sombre qui s'élevait, en retrait de la rue, au milieu d'une propriété. Là, nous renvoyâmes notre voiture et nous remontâmes l'allée.

– Toutes les fenêtres sont noires, remarqua l'inspecteur. La maison paraît abandonnée.

– Nos oiseaux se sont envolés, le nid est vide, dit Holmes.

– Pourquoi dites-vous cela ?

– Une voiture chargée de lourds bagages est sortie d'ici il y a une heure.

L'inspecteur rit.

– J'ai vu, dit-il, les traces de roues à la lumière de la lampe du portail, mais qu'est-ce que des bagages viennent faire là-dedans ?

– Vous avez pu observer les mêmes traces de roues allant en sens inverse ; or, les traces en direction de l'extérieur étaient bien plus profondes, si profondes que nous pouvons dire avec certitude que la voiture portait un chargement considérable.

– Là, je ne vous suis plus tout à fait, fit l'inspecteur en haussant les épaules. Cette porte ne sera pas facile à forcer. Mais voyons déjà si nous pouvons nous faire entendre de quelqu'un.

Il frappa lourdement avec le marteau de la porte, puis tira sur la sonnette, mais sans succès. Holmes avait disparu tout doucement ; il revint au bout de quelques minutes.

– J'ai ouvert une fenêtre, dit-il.

– C'est un bonheur que vous soyez du côté de la police et non contre elle, monsieur Holmes, remarqua l'inspecteur, en se rendant compte de l'habile manière dont mon ami avait forcé, puis repoussé la fermeture. Eh bien ! Je crois que, étant donné les circonstances, nous pouvons entrer sans attendre d'y être invités.

L'un après l'autre nous entrâmes dans une grande pièce qui était évidemment celle dans laquelle M. Melas était venu. L'inspecteur avait allumé sa lanterne et, à sa lumière, nous pûmes voir les deux portes, le rideau, la lampe et la collection d'armes japonaises qu'il nous avait décrits. Sur la table il y avait une bouteille d'eau-de-vie vide, deux verres et les reliefs d'un repas.

– Qu'est-ce qu'on entend ? demanda tout à coup Holmes.

Nous ne bougeâmes plus et écoutâmes. Le bruit d'une plainte basse nous arrivait de quelque part au-dessus de nos têtes. Holmes se précipita vers la porte et passa dans le vestibule. Le geignement lugubre venait bien d'en haut. Il s'élança dans l'escalier avec l'inspecteur et moi-même sur ses talons, tandis que son frère Mycroft suivait, aussi rapidement que le lui permettait sa corpulence.

Au second étage, trois portes nous faisaient face et c'était de celle du milieu que sortaient les bruits sinistres qui, parfois, s'abaissaient jusqu'à n'être plus qu'un marmottement sourd et, parfois, s'élevaient de nouveau en une plainte aiguë. La porte était fermée, mais la clé était à l'extérieur. Holmes l'ouvrit brusquement et se précipita dans la chambre, pour en sortir tout de suite, la main à la gorge.

– C'est du charbon de bois ! s'écria-t-il. Un moment ! ça va se dissiper.

En jetant un regard, nous pûmes voir que la seule lumière de la chambre venait d'une flamme bleue qui montait, vacillante, d'un trépied en laiton placé au milieu. Elle projetait sur le plancher un cercle étrange et livide, et, dans les recoins sombres, plus loin, nous apercevions deux silhouettes vagues, tassées contre le mur. Par la porte ouverte s'écoulaient des exhalaisons de poison qui nous firent haleter et tousser. Holmes, quatre à quatre, courut jusqu'en haut de l'escalier pour faire entrer de l'air frais, puis, se précipitant dans la pièce, il en ouvrit vivement la fenêtre et jeta dans le jardin le trépied de laiton.

— Nous pourrons entrer dans une minute, murmura-t-il en ressortant en hâte. Où y a-t-il une bougie ? Je doute que nous puissions frotter une allumette dans cette atmosphère. Tenez la lumière à la porte et nous les sortirons. Allons, Mycroft !

D'un bond nous fûmes auprès des prisonniers et les traînâmes jusqu'au palier. Tous les deux avaient les lèvres bleues et tous deux étaient sans connaissance ; dans leurs faces congestionnées, les yeux s'exorbitaient. En fait, leurs traits étaient si décomposés que, sans sa barbe noire et sa forte carrure, nous n'aurions pu reconnaître en l'un d'eux l'interprète grec qui nous avait quittés quelques heures plus tôt seulement, au club Diogène. Ses mains et ses pieds étaient solidement attachés ensemble et il portait sur un œil les traces d'un coup violent. L'autre, garrotté de la même façon, était un homme de grande taille, arrivé au dernier degré d'émaciation ; plusieurs morceaux de sparadrap étaient disposés de grotesque façon sur son visage. Il avait cessé de se plaindre quand nous le déposâmes sur le palier et un coup d'œil me montra que, pour lui du moins, notre aide était venue trop tard. M. Melas, cependant, vivait encore et, en moins d'une heure, grâce à l'ammoniac et à l'eau-de-vie, j'eus la satisfaction de le voir ouvrir les yeux et de savoir que ma main l'avait arraché à la sombre vallée où toutes les voies se rencontrent.

L'histoire qu'il avait à nous dire était bien simple et elle ne fit que confirmer nos propres déductions. Son visiteur, en entrant chez lui, avait tiré un casse-tête de sa manche et lui avait inspiré une telle crainte d'une mort immédiate et inévitable, qu'il l'avait enlevé une seconde fois. À vrai dire, c'était presque un effet magnétique que la ricanante canaille avait produit sur le malheureux linguiste, car lorsqu'il en parlait, ses mains tremblaient et ses joues blêmissaient. On l'avait emmené rapidement à Beckenham et il avait rempli son rôle d'interprète dans une seconde entrevue, plus dramatique encore que la première, au cours de laquelle les deux Anglais avaient menacé leur victime d'une mort immédiate si elle n'accédait pas à leur demande. Enfin, trouvant qu'aucune menace ne pouvait l'ébranler, ils avaient rejeté l'homme dans sa prison. Ils avaient alors reproché à M. Melas sa perfidie, rendue manifeste par l'annonce des journaux ; ils l'avaient assommé d'un coup de bâton et il ne se souvenait plus de rien jusqu'au moment où il me trouva penché sur lui.

Telle fut l'affaire de l'interprète grec, dont l'explication est encore entourée d'un certain mystère. Nous avons pu découvrir, en nous mettant en rapport avec le monsieur qui avait répondu à l'annonce, que la malheureuse jeune fille, appartenant à une riche famille grecque, était venue en visite chez des amis en Angleterre. Pendant son séjour chez eux, elle avait rencontré un jeune homme du nom de Harold Latimer qui avait pris sur elle un grand ascendant et l'avait, plus tard, persuadée de fuir avec lui. Les amis de la jeune femme, indignés de sa conduite, s'étaient contentés d'en informer son frère à Athènes et s'étaient lavé les mains de l'affaire. Le frère, dès son arrivée en Angleterre, s'était imprudemment mis au pouvoir de Latimer et de son complice, un nommé Wilson Kemp, homme aux antécédents exécrables. Ces deux canailles, découvrant que, grâce à son ignorance de l'anglais, le jeune homme se trouvait à leur merci, l'avaient tenu prisonnier et s'étaient efforcés, par la cruauté et la faim, de lui faire signer l'abandon de ses propres biens et de ceux de sa sœur. Ils l'avaient gardé dans la maison à l'insu de la jeune fille et le sparadrap sur son visage servait à le rendre plus difficilement reconnaissable au cas où elle l'aurait aperçu. Toutefois, sa sensibilité féminine avait tout de suite percé à jour ce déguisement lorsque, durant la visite de l'interprète, elle l'avait vu pour la première fois. La pauvre fille, cependant, était elle-même prisonnière, car il n'y avait personne d'autre dans la maison en dehors de l'homme qui servait de cocher et de sa femme, qui, tous deux, étaient complices. Quand ils eurent découvert que leur secret était connu et qu'ils ne pourraient venir à bout de leur prisonnier par la contrainte, les deux canailles s'étaient enfuies, sans tarder un instant, de la maison meublée qu'ils avaient louée, non sans s'être d'abord vengés, à ce qu'ils pensaient du moins, de l'homme qui les avait défiés aussi bien que de celui qui les avait trahis.

Un mois plus tard, une curieuse coupure de journal nous parvint de Budapest. Elle rapportait la fin tragique de deux Anglais qui voyageaient avec une femme. Tous deux avaient été poignardés, paraît-il, et la police hongroise pensait qu'au cours d'une querelle ils s'étaient réciproquement infligés des blessures mortelles. Holmes, cependant, est, je crois, d'un avis différent et il estime encore aujourd'hui que si l'on pouvait retrouver la jeune Grecque, on pourrait apprendre comment furent vengés tous les maux qu'ils avaient eu à endurer, elle et son frère.

Arthur Conan Doyle.

Toutes les aventures de Sherlock Holmes

Liste des quatre romans et cinquante-six nouvelles qui constituent les aventures de Sherlock Holmes, publiées par Sir Arthur Conan Doyle entre 1887 et 1927.

Romans

* Une Étude en Rouge (novembre 1887)
* Le Signe des Quatre (février 1890)
* Le Chien des Baskerville (août 1901 à mai 1902)
* La Vallée de la Peur (sept 1914 à mai 1915)

Les Aventures de Sherlock Holmes

* Un Scandale en Bohême (juillet 1891)
* La Ligue des Rouquins (août 1891)
* Une Affaire d'Identité (septembre 1891)
* Le Mystère de Val Boscombe (octobre 1891)
* Les Cinq Pépins d'Orange (novembre 1891)
* L'Homme à la Lèvre Tordue (décembre 1891)
* L'Escarboucle Bleue (janvier 1892)
* Le Ruban Moucheté (février 1892)
* Le Pouce de l'Ingénieur (mars 1892)
* Un Aristocrate Célibataire (avril 1892)
* Le Diadème de Beryls (mai 1892)
* Les Hêtres Rouges (juin 1892)

Les Mémoires de Sherlock Holmes

* Flamme d'Argent (décembre 1892)
* La Boite en Carton (janvier 1893)
* La Figure Jaune (février 1893)
* L'Employé de l'Agent de Change (mars 1893)
* Le Gloria-Scott (avril 1893)
* Le Rituel des Musgrave (mai 1893)
* Les Propriétaires de Reigate (juin 1893)

* Le Tordu (juillet 1893)
* Le Pensionnaire en Traitement (août 1893)
* L'Interprète Grec (septembre 1893)
* Le Traité Naval (octobre / novembre 1893)
* Le Dernier Problème (décembre 1893)

Le Retour de Sherlock Holmes

* La Maison Vide (26 septembre 1903)
* L'Entrepreneur de Norwood (31 octobre 1903)
* Les Hommes Dansants (décembre 1903)
* La Cycliste Solitaire (26 décembre 1903)
* L'École du prieuré (30 janvier 1904)
* Peter le Noir (27 février 1904)
* Charles Auguste Milverton (26 mars 1904)
* Les Six Napoléons (30 avril 1904)
* Les Trois Étudiants (juin 1904)
* Le Pince-Nez en Or (juillet 1904)
* Un Trois-Quarts a été perdu (août 1904)
* Le Manoir de L'Abbaye (septembre 1904)
* La Deuxième Tâche (décembre 1904)

Son Dernier Coup d'Archet

* L'aventure de Wisteria Lodge (15 août 1908)
* Les Plans du Bruce-Partington (décembre 1908)
* Le Pied du Diable (décembre 1910)
* Le Cercle Rouge (mars/avril 1911)
* La Disparition de Lady Frances Carfax (décembre 1911)
* Le détective agonisant (22 novembre 1913)
* Son Dernier Coup d'Archet (septembre 1917)

Les Archives de Sherlock Holmes

* La Pierre de Mazarin (octobre 1921)
* Le Problème du Pont de Thor (février et mars 1922)
* L'Homme qui Grimpait (mars 1923)

* Le Vampire du Sussex (janvier 1924)
* Les Trois Garrideb (25 octobre 1924)
* L'Illustre Client (8 novembre 1924)
* Les Trois Pignons (18 septembre 1926)
* Le Soldat Blanchi (16 octobre 1926)
* La Crinière du Lion (27 novembre 1926)
* Le Marchand de Couleurs Retiré des Affaires (18 décembre. 1926)
* La Pensionnaire Voilée (22 janvier 1927)
* L'Aventure de Shoscombe Old Place (5 mars 1927)

À propos de cette édition électronique

Texte libre de droits

Corrections, édition, conversion informatique et publication par le groupe

Ebooks libres et gratuits

http://fr.groups.yahoo.com/group/ebooksgratuits

Adresse du site web du groupe :
http://www.ebooksgratuits.com/

—

7 janvier 2004

—

- Source :
http://www.bakerstreet221b.de/main.htm pour les images

- Sites WEB à consulter sur Sherlock Holmes :
http://www.sshf.com/ Le site de référence de la Société Sherlock Holmes de France
http://www.sherlock-holmes.org/
http://conan.doyle.free.fr/

- Dispositions :
Les livres que nous mettons à votre disposition, sont des textes libres de droits, que vous pouvez utiliser librement, <u>à une fin non commerciale et non professionnelle</u>. Si vous désirez les faire paraître sur votre site, ils ne doivent pas être altérés en aucune sorte. **Tout lien vers notre site est bienvenu…**

- Qualité :
Les textes sont livrés tels quels sans garantie de leur intégrité parfaite par rapport à l'original. Nous rappelons que c'est un